<u>Chapitre 1 –</u>
<u>Innocence</u>

Juin 2014, vingt ans.

C'est la fin des cours. Enfin.

Cette année a été intense, épuisante même, mais j'y suis arrivée. À seulement vingt ans, je suis la plus jeune des médecins. Je suis fière de moi. J'ai tout donné pour réussir. Les nuits blanches, les sacrifices, les renoncements… Tout cela en valait la peine. Je peux enfin souffler, me projeter, penser à mon futur métier. Mais pour l'instant, ce seront les vacances, une pause méritée, une détente absolue.

À cet âge-là, je croyais encore que la réussite protégeait de tout.

Je pensais que travailler dur, être discrète, ne pas déranger suffisait à me mettre à l'abri.

Je n'avais jamais appris à dire non. Seulement à faire ce qu'on attendait de moi, sans trop poser de questions.

J'avais appris très tôt que, pour être aimée, il fallait être irréprochable.

Je me revois enfant, debout dans le grand salon de Grand-mère. J'avais renversé un verre d'eau sur la nappe blanche. Pas de catastrophe, juste une maladresse d'enfant.
Elle m'avait regardée longuement, sans crier, sans hausser la voix.
Dans cette famille, on se tient droite. On ne déborde pas.
J'avais hoché la tête, les larmes coincées dans la gorge.
Ce jour-là, j'ai appris à pleurer en silence.

J'étais fière, oui. Mais surtout soulagée. Soulagée d'avoir réussi assez vite pour ne plus être une charge, pour enfin mériter ma place.
Je ne savais pas encore que cette manière de vivre — se taire, s'adapter, accepter — deviendrait plus tard une prison.

Comme chaque année, Grand-mère souhaite organiser une grande réception pour me récompenser de mes efforts. Un bal, comme dans sa jeunesse, avec les plus gros bonnets de cette société. Étant l'une des plus grosses fortunes du pays, elle respecte scrupuleusement les codes de son milieu : une grande fête chaque été. Mais cette année, ce bal a une saveur particulière. Elle espère m'y trouver un bon parti.

Sa fortune familiale vient des banques, de la viticulture, des voyages et des complexes hôteliers. Un empire bâti sur plusieurs générations, transmis de père en fils. Grâce à sa vision futuriste et à son sens aigu des affaires, Grand-mère a su exploiter cet héritage mieux que quiconque, devenant l'une des personnalités les plus influentes du monde économique.

Ce bal n'est donc pas seulement une fête. C'est aussi une opportunité stratégique.
Trouver un mari pour moi.
Créer de nouvelles alliances financières.
Assurer la continuité de la lignée.

Elle pense qu'un homme à mes côtés, reprenant les affaires familiales, pourrait me rendre aussi puissante qu'elle, voire davantage. Cela me laisserait, selon elle, un peu de temps pour mon loisir : la médecine.

Pour Grand-mère, les études d'une femme ne sont pas « vraiment nécessaires ».
Avoir une fortune et un mari pour la faire fructifier reste la seule chose valable au monde.
À vingt ans, il serait grand temps que je sois fiancée.
Une fille bien née doit trouver un beau parti rapidement, avant que d'autres, plus jeunes, ne lui passent devant.

Avec le recul, je comprends mieux son regard.
Ce regard qui ne demandait pas si j'étais heureuse, mais si j'étais prête.
Prête à représenter la famille.
Prête à assurer la continuité.
Prête à me fondre dans un rôle que je n'avais pas choisi.

Moi, me marier ? Quelle idée folle.
Je suis trop indépendante, je ne sais pas tenir une maison. Nous avons toujours eu des domestiques. Je suis naïve, sans doute, et surtout pas prête à avoir des enfants. À vrai dire, je ne me suis jamais vraiment posé la question. La vie m'apparaissait encore comme un espace ouvert, pas comme une cage.

Grand-mère rêve pourtant de me mettre avec Victor du Vin…

Ce que j'aime, moi, c'est le calme.
La nature.
Les animaux.
Me promener en forêt, dormir au clair de lune, sentir l'air sur ma peau. J'aime rester au coin du feu et écrire mes pensées.

Autant de choses qui, au plus grand désespoir de Grand-mère, n'arrangeaient pas ses affaires. Elle voulait que je sois forte, pas lunaire. À ses yeux, mon comportement était un véritable gâchis.

Mon enfance n'a pas été rose…

La maison de Grand-mère était immense…

Trouver mes repères dans cette demeure luxueuse fut ma première mission. Heureusement, les domestiques

étaient là pour me guider à chaque pas de ma nouvelle
vie.

Avec du recul, je sais aujourd'hui que c'est ma
naïveté qui m'a conduite vers un enfer sans nom.
Ma peur m'a empêchée d'écouter mon instinct, de me
confronter à mon démon.

Je voulais qu'on me choisisse.
Pas pour mon nom.
Pas pour ma fortune.
Juste pour moi.

Mais je ne savais pas encore que certaines personnes
choisissent pour posséder.

Il s'est servi de moi comme jamais un être humain ne
devrait le faire.

À cet instant pourtant, je ne le savais pas encore.
J'étais innocente.
Et je croyais être libre.

<u>Chapitre 2 – Le Bal</u>

Août 2014.
Le jour du bal est arrivé.

Toute la ville est en effervescence. On ne parle que de ça. Les rumeurs circulent, les invitations font rêver, les regards se tournent vers la colline où trône la maison de Grand-mère. Elle, est en ébullition. Tout doit être parfait. Sa réputation est en jeu. L'an dernier, une autre famille avait organisé la réception et le résultat avait été, selon elle, catastrophique. Cette année, il était hors de question de laisser place à la moindre imperfection.

Grand-mère avait fait appel à un couturier de renom pour me confectionner une robe sur mesure. Une pièce unique.
Elle était ornée de diamants aussi gros que des étoiles. Elle brillait de mille feux. On ne verrait que moi. Grand-mère n'avait regardé ni la dépense, ni les excès. Elle voulait que je sois éclatante, irréprochable, divine.

Et pour la première fois de ma vie, en me regardant dans le miroir, je me suis trouvée belle.
Vraiment belle.
Je resplendissais.

Tous les enfants des plus grandes familles seraient
présents. Les héritiers, les futurs dirigeants, les
alliances en devenir. Victor serait là aussi.
Cette idée me réjouissait.

Nous étions sortis ensemble à la fin de l'année
scolaire, pendant trois semaines. Trois semaines
encadrées, surveillées, protégées par un chaperon,
pour éviter les qu'en-dira-t-on. Chez les riches, ces
règles sont immuables. La tradition est la tradition. Il
ne faut jamais y déroger, sous peine de déséquilibrer
l'ordre établi.

Victor était doux avec moi.
Il me regardait avec tendresse, me souriait souvent.
J'avais passé trois semaines de purs « bonheurs »,
simples et rassurants.

Ce soir-là, j'étais persuadée qu'il allait me demander
en mariage, au plus grand plaisir de nos deux
familles. Je n'en doutais pas. Grand-mère ne savait
pas garder un secret.

Elle m'avait d'ailleurs fortement conseillé — sans
m'y forcer officiellement, mais avec une menace à
peine voilée — d'accepter sa demande.
Ne pas faire la difficile.
Être enfin une femme de ce monde.
Une femme avec du pouvoir.

Elle m'avait donc poussée à dire oui.
La plus grosse erreur de ma vie.

J'aurais dû me rebeller. Faire un scandale. Faire ma tête de con, comme on dit.
J'aurais dû me sauver.
Cela m'aurait sans doute sauvé la vie.

C'est l'heure.

Il y a un monde fou. La musique est assurée par les plus grands artistes. Le champagne coule à flots, sans limite, sans retenue. Tout est extravagant, excessif, démesuré. Chez les riches, la sobriété n'existe pas.

Victor s'avance vers moi et m'embrasse sur la joue avec une tendresse presque théâtrale.

De mon côté, je ne ressens pas cet amour que l'on voit dans les films.
Pas de papillons dans le ventre.
Pas de cœur qui bat à s'en échapper de la poitrine.
Juste une douce impression de sécurité… et quelque chose de flou, d'indéfinissable.

Nous dansons un slow langoureux. Il m'entraîne à l'extérieur, dans les jardins magnifiquement éclairés. Sous un carrousel décoré de lumières scintillantes, semblables à une pluie d'étoiles, Victor s'arrête.

Il pose un genou à terre.
Et me demande si je veux l'épouser.

Mon cœur s'emballe.
Mais pas de joie.

C'est comme si tout en moi criait non.
Un non silencieux. Un non paniqué. Un non étouffé.

La pression familiale.
Les menaces déguisées.
Les ragots.
Les affaires.
L'argent.
La peur de décevoir.

Je regarde autour de moi et je sens le regard de
Grand-mère posé sur moi, lourd, implacable.

Ma gorge se serre.
Mes mains deviennent froides.
Le monde autour de moi semble attendre. Suspendu à
ma réponse.

J'ai ouvert la bouche. Aucun son ne sortait.
J'ai vu ma vie défiler non pas devant moi, mais se
refermer derrière moi.

Dans ce conformisme imposé, je me suis convaincue
que je n'avais pas le choix.

Alors j'ai dit oui.

Il m'embrasse au moment précis où les feux d'artifice
enflamment le ciel.
Applaudissements.
Félicitations.
Bravo, vive les futurs mariés.

Tout avait été calculé.

C'était merveilleux.
Et malgré tout, l'une des plus belles soirées de ma
vie.

J'étais heureuse, légère, belle, chanceuse.
Mais au fond de moi, un pincement persistait.
Cette sensation étrange que l'on ressent quand on sait,
sans pouvoir l'expliquer, que l'on vient de faire une
erreur. Je crois que c'est ce soir-là que j'ai commencé
à me quitter.

J'étais naïve. Jeune. Marquée par une enfance où
j'avais appris à avoir peur de décevoir.
Pour moi, c'était une opportunité de ne pas revenir en
arrière.
Je me disais que je réfléchissais trop. Que cette peur
faisait simplement partie de moi.
Je ne savais pas encore qu'un instinct qu'on ignore
finit toujours par se transformer en douleur.

Innocente.
Sans expérience des hommes, du monde.
Tellement jeune.

Et cette putain de pression sociale qui nous gâche la
vie.

Je l'ai compris bien plus tard :
le regard des autres ne regarde que les autres.
Et notre instinct, lui, est bien plus fiable que tout ce
que l'on cherche à nous faire ressentir.

Chapitre 3 – Le mariage

Novembre 2016.

Grand-mère voulait que mon mariage ait lieu le mois de mon anniversaire, pour mes vingt-deux ans. Chez les riches, un mariage se prépare comme une nouvelle entreprise. Deux ans d'organisation ne sont pas excessifs, bien au contraire. Si vous aviez vu ma robe de bal, ma robe de mariage était encore plus spectaculaire.

Avec Victor, nous continuions à nous voir régulièrement. Officiellement, nous préparions notre vie à deux. En réalité, tout était déjà écrit. Monsieur Du Vin pensait déjà aux prénoms de ses futurs petits-enfants. Il en voulait cinq. Grand-mère, de son côté, avait engagé une femme de vie pour m'enseigner comment devenir une épouse parfaite. J'ai pris des cours de ménage, de broderie, de cuisine. J'ai lu des livres entiers sur la façon de s'occuper d'un mari et d'un enfant.

À partir du moment où j'étais engagée, tout devait être parfait.

Parfait pour Victor Du Vin, qui allait devenir mon mari pour la vie.

Malgré mes craintes, je continuais de croire que nous serions heureux. Je pensais que l'amour pouvait venir après. Que le mariage réparerait mes doutes.

Je me répétais que toutes les femmes avaient peur avant leur mariage.
Que cette boule dans le ventre était normale.
Que douter, c'était simplement ne pas être assez romantique.

Le mariage a eu lieu comme tout le reste : sans heurt apparent.
Tout était prêt, organisé, validé. Les dates, les invités, les alliances, les discours. Je n'avais rien eu à décider, seulement à suivre. On appelait ça une chance. Une réussite. Une évidence.

Je souriais beaucoup ce jour-là.
Pas par bonheur, mais par habitude.

Autour de moi, les regards étaient fiers. On me félicitait, on me disait que j'étais chanceuse, que j'entrais dans une belle vie. J'écoutais sans vraiment entendre. Je faisais ce que l'on attendait de moi : être belle, silencieuse, reconnaissante.

Victor était attentif. Prévenant. Presque trop.
Il me tenait le bras avec une fermeté douce, comme pour me guider.
Ce geste, je l'ai d'abord trouvé rassurant.
Je n'y ai pas vu un avertissement.

Le grand jour est arrivé.
Je me suis réveillée la tête lourde, presque vaseuse.

J'avais à peine dormi. J'avais peur. Peur d'être au centre de toutes les attentions, des regards qui scruteraient la moindre de mes erreurs.

Mais au fond, ce n'était pas le regard des autres qui me terrorisait.
C'était le mien.
La peur de me regarder un jour et de ne pas reconnaître la femme que je serais devenue.

Un château avait été loué pour l'événement. Le gratin serait présent. Grand-mère avait voulu la télévision, mais j'avais refusé. C'était la seule décision qui m'appartenait encore. Une minuscule victoire dans un océan de renoncements.

Dans la pièce de préparation de la mariée, j'ai vu ma robe pour la première fois.
Elle était d'un blanc immaculé, ornée de diamants et de perles. La traîne était aussi longue que celle des reines.

En la regardant, je n'ai pas pu m'empêcher de pleurer.
Je pleurais sans savoir pourquoi.
Ce n'était pas de la joie pure.
C'était une tristesse sourde, coincée quelque part entre la gorge et le ventre.

Les maquilleurs parlaient autour de moi. Les coiffeurs s'agitaient.
Des mains sur mon visage. Sur mes cheveux. Sur mon corps.
Je me laissais faire.

J'avais l'impression d'assister à mon propre mariage comme on regarde un film dont on connaît déjà la fin.

Me voilà prête.
Prête à dire oui à l'homme que je devais épouser.

Je croyais que ce mariage me rendrait libre. Libre de Grand-mère. Libre de son regard constant.
Je pensais que la liberté commençait toujours par une concession.
Je ne savais pas encore que certaines concessions coûtent une vie entière.

La musique s'est élevée. Violon, piano.
En avançant dans l'allée, l'odeur des fleurs m'a donné le vertige. Les regards étaient braqués sur moi.

Chaque pas me paraissait irréel.
Comme si mes pieds touchaient le sol sans vraiment m'y relier.

Victor était là, souriant.
— Tu es magnifique.

J'ai souri en retour.
Un sourire parfait. Vide.

La cérémonie m'a paru interminable.

Les mots du célébrant glissaient sur moi sans entrer.
Je hochais la tête aux bons moments.
Je répétais les phrases qu'on me demandait de dire.

— Oui, je le veux.

À cet instant précis, quelque chose en moi s'est tu.
Pas un cri.
Pas une révolte.
Juste un silence intérieur.

Comme une porte qui se ferme doucement.
Sans bruit.
Mais pour toujours.

Les applaudissements ont éclaté.

Le mariage avait scellé quelque chose.
Pas une union.

Une prise.

Et je n'en avais pas encore conscience.

<u>Chapitre 4 – La nuit de noces</u>

La fête avait duré des heures.
Les rires, la musique, les félicitations, les
embrassades.
Tout le monde voulait un morceau de nous, une
photo, un sourire, un moment.

Quand la porte de la chambre s'est refermée derrière
nous, le silence m'a assommée.

Mes pieds me faisaient mal. Ma tête tournait encore
du champagne, des lumières, du bruit. J'avais
l'impression d'avoir joué un rôle toute la journée sans
jamais quitter la scène.

Je me suis démaquillée lentement, face au miroir.
Mon reflet semblait flou, comme si je regardais
quelqu'un d'autre enlever les traces du conte de fées.

J'ai enfilé une nuisette choisie pour l'occasion.
Être belle.
Être désirable.
Être une bonne épouse.

Je me suis glissée dans le lit, le corps lourd, l'esprit
épuisé.

— Je suis tellement fatiguée… ai-je murmuré en
l'embrassant doucement sur la joue. Bonne nuit.

Il a ri, mais ce n'était pas un rire tendre.

— Bonne nuit ? On ne dit pas bonne nuit le soir de son mariage.

Sa voix avait changé. Plus basse. Plus dure.
Il s'est rapproché. Trop.

Je lui ai répété que j'étais épuisée. Que la journée avait été longue. Que demain…

Il a soupiré, agacé, comme si je venais de le décevoir.

— Toute la journée, j'ai souri, serré des mains, supporté des gens que je déteste… Et là, tu vas me dire que tu es fatiguée ?

Ce n'était pas un reproche direct.
C'était pire.
C'était une déception qu'il me laissait porter.

Je me suis redressée un peu.
Je me suis excusée.

Je ne savais même pas de quoi, mais je me suis excusée.

Il m'a caressé le bras, presque doucement.

— Une femme, ça prend soin de son mari. Surtout le premier soir. C'est important, ces moments-là.

Il ne criait pas.
Il n'ordonnait pas.
Il expliquait.

Comme une évidence.

Comme un rôle que j'étais censée connaître sans qu'on ait besoin de me le dire.

Les mots de ma grand-mère me sont revenus, clairs, tranchants :

« Au début d'un mariage, il faut savoir faire le dos rond. Un homme stressé, fatigué, ça peut être dur. C'est à la femme d'apaiser. De ne pas provoquer. De rendre son mari heureux, dans tous les domaines. »

Tous les domaines.

Je me suis figée.

Quand il s'est imposé à moi, mon corps s'est tendu, puis éteint.
Je regardais le plafond.
Je comptais les secondes.
Je me répétais que ça allait passer.

La douleur était là.
Brutale. Inattendue.
Mais ce qui faisait le plus mal, c'était autre chose.

La chute.

Le conte de fées qui se fissurait en silence.

Je ne pleurais pas vraiment. Les larmes coulaient toutes seules, sans bruit, pendant que mon esprit s'éloignait.

Je me disais :
Il a bu.
Il est fatigué.

C'est le stress du mariage.
Ça ira mieux demain.

Je cherchais des excuses pour lui plus vite que je ne reconnaissais ma propre souffrance.

Quand tout s'est arrêté, il s'est tourné de l'autre côté du lit avec un soupir.

— Franchement, tu aurais pu faire un effort… C'est quand même notre nuit de noces.

La culpabilité m'a envahie immédiatement.
Pas la colère.
Pas l'injustice.

La culpabilité.

Je me suis sentie insuffisante. Froide. Mauvaise épouse.
Comme si c'était moi qui avais échoué à quelque chose d'essentiel.

Je suis restée éveillée longtemps après qu'il se soit endormi.

Je fixais l'obscurité.

Je comprenais, sans encore oser le formuler, que quelque chose venait de commencer.
Quelque chose que je n'avais pas choisi.
Quelque chose que j'allais apprendre à supporter.

Cette nuit-là, je ne suis pas devenue sa femme.

Je suis devenue silencieuse.

Chapitre 5 – Torture et souffrance

Les premiers jours, rien n'était clairement violent.
Il y avait surtout des règles.
Des horaires.
Des façons de faire.
Des silences quand je disais quelque chose de travers.

La violence ne s'est pas installée d'un coup.
Elle a pris le temps.

Il corrigeait sans hausser la voix. Il expliquait longuement ce qui était approprié, ce qui ne l'était pas. Il disait vouloir m'aider à m'adapter. À être à la hauteur. À comprendre ce monde qui était désormais le mien.

Je faisais des efforts.
Je pensais que l'amour demandait des ajustements.

Petit à petit, j'ai commencé à douter de mes propres perceptions.

Quand je parlais, il rectifiait.
Quand je me taisais, il me reprochait mon absence.
Quand je voulais être seule, il se vexait.
Quand je demandais de l'aide, il soupirait.

Rien n'était spectaculaire.
Tout était constant.

Je savais seulement que je me sentais de plus en plus petite.

Il ne criait pas toujours.
Il parlait bas.

Ses mots étaient précis, tranchants. Il savait exactement comment me faire douter. Il disait que j'exagérais, que je voyais le mal partout. Il disait que j'étais fragile, instable, trop émotive.

Peu à peu, j'ai cessé de lui faire confiance.
Mais j'ai surtout cessé de me faire confiance à moi-même.

La violence physique est arrivée sans prévenir.
Un geste trop brusque.
Une main qui serrait trop fort.
Un corps qui s'impose pour me faire taire.

J'ai été sidérée.

Après, il s'excusait.
Il disait que c'était la fatigue.
Le stress.
L'amour trop fort.

Je voulais le croire.

Les larmes et les promesses

Après certaines violences, il pleurait.

Assis par terre, dos contre le canapé, le visage enfoui dans ses mains.

Son corps tremblait.

— Je ne voulais pas… je ne sais pas ce qui m'a pris… j'ai trop bu… j'ai peur de te perdre…

Il attrapait mes mains comme si j'étais son dernier secours.

À cet instant, je n'étais plus la femme qu'il frappait. J'étais celle qui pouvait le sauver.

Et c'est ça, le piège.

Je le prenais dans mes bras. Je croyais que l'amour pouvait guérir la violence.

Le lendemain, il m'offrait des fleurs.

Deux semaines plus tard, j'apprenais à respirer sans faire de bruit.

Les viols se sont répétés. Les excuses ont succédé aux violences. Les fleurs aux coups. Les promesses au silence.

Le dîner

Un soir, nous étions invités chez des amis de sa famille.

La table était magnifique. Argenterie brillante, verres en cristal, plats délicats disposés comme dans un magazine.

J'avais mis une robe à manches longues. Même en été.

Victor racontait une anecdote drôle, tout le monde riait. Il posait parfois la main sur ma cuisse, un geste tendre en apparence. Ses doigts appuyaient juste assez fort pour me rappeler de sourire.

— Vous êtes tellement beaux tous les deux, a dit quelqu'un.

J'ai souri. Automatiquement.

J'ai appris à sourire avec la mâchoire serrée.

Sous la table, mes mains tremblaient. Mon dos me brûlait encore de la veille. Chaque éclat de rire me donnait envie de hurler.

Personne n'a rien vu.
Ou peut-être que personne n'a voulu voir.

Je me suis mise à anticiper.
À lire ses pas dans le couloir.
À reconnaître le bruit de ses clés.

Je vivais en alerte permanente.

Même quand il était calme, mon corps, lui, ne l'était jamais.

Le maquillage

Un matin, dans la salle de bain, la lumière était crue. Impardonnable.

J'ai relevé doucement mes cheveux. Le bleu s'étalait le long de ma pommette. Violet au centre. Jaune sur les bords.

J'ai pris l'anti-cernes le plus épais que j'avais. Puis le fond de teint. Puis la poudre.

Couche après couche.

Je ne me maquillais pas pour être belle.
Je me maquillais pour être crédible.

À chaque tapotement d'éponge, je me répétais :
Ça ne se voit presque plus. Ça ne se voit presque plus.

Le miroir me renvoyait le visage d'une femme fatiguée, appliquée, concentrée.

Une femme qui effaçait les preuves de ce qu'elle n'arrivait pas encore à nommer.

L'hôpital

Une nuit, il a mal calculé sa force.

Je me suis retrouvée aux urgences, la lèvre fendue, une côte fêlée. La salle d'attente sentait le désinfectant et la fatigue.

L'infirmière m'a regardée longtemps. Trop longtemps.

— Vous êtes tombée ?

J'ai hoché la tête.

Oui. Je tombe souvent. Contre les portes. Contre les meubles. Contre la vie.

Elle savait. Je le voyais dans ses yeux.
Mais elle a noté ma version.

Je suis repartie avec des antidouleurs et un mensonge de plus.

Mentir pour le protéger

Le lendemain, une amie m'a appelée. Elle avait entendu quelque chose dans ma voix.

— Ça va, vraiment ?

J'ai regardé Victor dans la pièce d'à côté.

— Oui, je suis juste fatiguée. Il travaille beaucoup en ce moment.

Je protégeais l'homme qui me détruisait.

Parce que le dénoncer aurait rendu la violence réelle. Officielle. Impossible à nier.

Tant que je mentais, je pouvais encore faire semblant d'avoir le contrôle.

Ne plus se reconnaître

Un après-midi, je me suis arrêtée devant le miroir du couloir.

Je me suis observée longtemps.

J'avais maigri. Mon regard était vide. Mes épaules rentrées vers l'intérieur comme pour disparaître.

Je me suis demandé :
À quel moment je suis devenue cette femme ?

Je cherchais mon ancien visage.
La fille qui aimait la forêt. Qui riait fort. Qui rêvait.

Je ne la trouvais plus.

Le silence autour de moi faisait autant de dégâts que les coups.

Je suis devenue une femme battue.
Mon corps est devenu un territoire ennemi.

Trois ans.
Trois ans de peur, de douleurs, de tortures.

La torture n'était pas seulement dans les gestes.
Elle était dans la répétition.
Dans l'enfermement.
Dans la perte progressive de toute issue imaginable.

Et pourtant, quelque part en moi, quelque chose résistait encore.
Faiblement.
Mais suffisamment pour ne pas mourir tout à fait.

Chapitre 6 – Liberté, dépression

et démon intérieur

Mai 2020.
Seule dans mon appartement.

Cela fait quatre mois que je ne suis pas sortie.
Quatre mois sans voir personne. Sans parler à
personne.

Mon seul contact avec le monde extérieur est mon
livreur personnel.
Il m'apporte tout ce que je lui demande : de la
nourriture — même si je n'y touche presque pas —
des cigarettes — deux paquets par jour — et de la
drogue. Uniquement celle que l'on fume. Les autres
me font trop peur.

Je fume pour oublier.
Oublier ma peur.
Oublier la bêtise d'être restée si longtemps avec lui.
Oublier Grand-mère, qui m'a poussée dans cette
histoire.
Oublier la douleur.
Oublier la honte.
Oublier que je suis encore en vie.

Je passe mes journées devant la télévision.
Plus aucune série, plus aucun film n'a de secret pour
moi. Je reste affalée sur mon canapé, incapable de
bouger. Je vais rarement dans la chambre. Presque
jamais dans la salle de bain.

Je ne vis plus.
Je m'anesthésie.

Je me laisse survivre, défoncée du matin au soir,
oscillant entre rires nerveux et larmes incontrôlables.

Je crois devenir folle.

Les seuls mots que je prononce sont :
« Merci » — pour le livreur.

À force de ne plus parler, je ne sais même plus à quoi
ressemble ma voix.
Parfois, j'essaie de dire un mot toute seule, juste pour
vérifier qu'elle existe encore.

La nuit, les cauchemars reviennent sans prévenir.
Toujours les mêmes images.
Toujours les mêmes cris.

Je me réveille en sueur, persuadée qu'il est là.
Qu'il va ouvrir la porte.
Qu'il va entrer.

J'ai mal.
Je fume.
J'ai peur.
Je fume.

Je me sens seule.
Je fume.

Je dors pour oublier.
Mais les cauchemars me rattrapent.

Je reste toute la journée en t-shirt et en culotte, sous une couverture, devant la télévision. Je regarde les épisodes s'enchaîner comme mes cigarettes, comme les verres d'alcool.
Verre après verre.
Larme après larme.

Je suis dégoûtée de moi-même.
Sans force.
Sans résistance.

Je me regarde parfois les mains, posées sur mes genoux.
Elles ne me semblent même plus m'appartenir.

Je sombre dans les profondeurs de mon âme.
Dans mes ténèbres.
Dans cet enfer personnel qui dure depuis ma nuit de noces.

Grand-mère m'appelle. Parfois, elle passe.
Je refuse de lui parler.

Je refuse de voir celle qui était contre mon divorce.
Celle qui m'a forcée à rester avec ce monstre.

Je refuse d'entendre ses excuses. Je ne suis pas prête à pardonner.
Comme elle n'a jamais pardonné à ma mère.

Mon calvaire est en partie de sa faute.
Ou peut-être de la mienne.

Je finis par croire que tout est de ma faute.

Pas celle de Victor.
Pas celle des voisins.
Pas celle de la société.

Moi.

Personne n'a rien vu.

Ou plutôt : tout le monde a fait semblant de ne rien voir.

On ne se mêle pas des problèmes de couple. C'est trop dangereux.
On préfère détourner le regard.

Cette société adore s'indigner à distance, donner pour se rassurer, se convaincre d'être du bon côté.
Mais aider son voisin battu ?
Appeler la police pour une femme qu'on entend hurler ?

Ça non.

Quelle hypocrisie.

Je suis restée un an dans cet état.
Un an sans voir personne.
Un an sans parler.
Un an à pourrir lentement.

Je me sentais comme une larve.
La peau collée aux os.
Sale. Vide.

Mourir me semblait parfois être la solution la plus
douce.
Pas par envie de mourir.
Juste par fatigue de continuer.

Avril 2021.

Entre mes antidouleurs et mes joints, je tombe sur une
émission de voyage.

La nature.
Les animaux.
La campagne.

J'ai toujours aimé ça. Les forêts. Les montagnes. La
mer plus que la plage.

Une notification apparaît sur mon téléphone.
Une annonce : travailler avec des chevaux. Donner
des cours d'équitation à des enfants.

Je ne sais pas pourquoi cette annonce est arrivée
jusqu'à moi.
Mais pendant dix secondes, quelque chose s'est
ouvert.

Une fissure dans le mur.

Je me suis vue dans la nature.
Entourée de chevaux.
Un sentiment de bien-être étrange.

Puis, aussitôt, une autre voix :
Non. Ce n'est pas pour toi.
Tu es trop cassée.
Tu es une loque.

Le contact humain me faisait peur. Toucher quelqu'un
? Serrer une main ? Faire la bise ?
Impossible.

Mon corps et mon esprit étaient trop meurtris.

Une semaine plus tard, une envie étrange me
traverse : du pain.
Un bon pain chaud.

La boulangerie est juste en face de ma rue. Cinq pas à
peine.
Je sens parfois l'odeur quand j'ouvre la fenêtre.

Sans réfléchir, poussée par une pulsion incontrôlable,
j'ouvre la porte de mon appartement.

Mon cœur se met à battre trop vite.
Mes mains tremblent.

Ascenseur.
Descente interminable.

Je sors de l'immeuble… et je remonte en courant.

Crise de panique.
Essoufflée. Tremblante.

Ça faisait un an que je n'avais pas quitté mon
appartement.

Je n'ai pas eu mon pain.
Mais quelque chose s'est passé.

J'avais bougé.
J'étais libre de mes mouvements.

Un déclic.
Mon déclic.

Le pain chaud.

Cette nuit-là, j'ai rêvé de voyage.
De cette annonce.
D'autre chose.

Une phrase a résonné en moi :
Demain, j'essaie encore.

Le lendemain, je me suis juré que je mangerais du
pain.

Je m'habille cette fois.
Je mets des chaussures.
J'ouvre la porte.

Ascenseur. Trop long.
Les pensées négatives arrivent.
Mais je tiens.

Je sors de l'immeuble.
Une vieille dame passe avec son chien.

Je pose un pied dehors.
Puis le second.

Je frémis.
Mon corps se réveille.

Je marche jusqu'à la boulangerie.
Marcher, ça ne s'oublie pas.

Dans la file, mon cœur s'emballe.
Deux personnes devant moi. Trop long.

Mais je reste.

Quand vient mon tour, un coup de chaud me
submerge.
Je bafouille.

Je n'ai pas parlé à quelqu'un depuis un an.

La boulangère me rassure.
Je prends mon temps.

 « Une baguette, s'il vous plaît. »

Je l'ai dit.

J'ai réussi.

Puis la panique.
J'ai oublié mon porte-monnaie.

Les souvenirs explosent.
La ceinture.
Les coups.

Je manque de tomber. Je pleure.

La boulangère me dit doucement :
« Revenez plus tard, ce n'est pas grave. »

Je rentre chez moi en courant.
Cinq pas.

Ascenseur.
Respirer.

Je m'effondre sur le canapé.

Mais cette fois, je ne pleure pas seulement de peur.
Je pleure parce que j'ai réussi.

J'étais fière.
J'avais vaincu mon premier démon.

Ce jour-là, une autre envie est née :
le changement.

Je regarde mon appartement.
Ma prison.

Je commande des meubles.
Des produits ménagers.
J'ouvre les volets.

La lumière entre.

Je nettoie. Je range. Je transforme.
Je mange du pain.

Je revis.

Mon appartement devient mon refuge.

Le lendemain, épuisée mais apaisée, je retourne payer
la boulangère.
Je cuisine.
Je mange.

Je contacte la personne de l'annonce pour les cours
d'équitation.

Ma nouvelle vie commence à prendre forme.

Les cours débuteront en septembre.
Je dois me préparer.
Reprendre contact avec le monde.

Pour la première fois depuis longtemps, j'ai peur…
mais c'est une peur vivante.

Et je comprends alors une chose essentielle :
la liberté ne revient pas d'un coup.
Elle commence par un pas.
Par une baguette de pain.
Par le courage de rester en vie.

Chapitre 7 – Nouveau départ

Septembre 2021.

Je suis arrivée au ranch un matin gris, avec une valise
trop lourde pour ce qu'elle contenait vraiment.
À l'intérieur, il n'y avait pas grand-chose : quelques
vêtements, des chaussures, des papiers.
Le reste, je le portais déjà en moi.

Le trajet m'avait semblé interminable.
Chaque kilomètre m'éloignait de mon appartement,
de mon canapé, de ma prison devenue mon refuge.
Mais plus je m'approchais, plus mon corps se
raidissait.

Partir, oui.
Mais arriver quelque part, c'était autre chose.

Le ranch était isolé, entouré de champs et de forêts.
Le silence y était différent de celui que je connaissais.
Ce n'était pas un silence vide, étouffant.
C'était un silence vivant, traversé par le vent, les pas
des chevaux, les bruits de la nature.

Je me suis arrêtée un instant avant d'entrer.
Respirer.
Observer.
Évaluer.

La vigilance ne m'avait jamais quittée.

À l'intérieur, l'odeur du bois et du café chaud m'a surprise.

Une femme s'est avancée vers moi.

Agathè.

Son regard était franc, direct, sans insistance.

Elle ne m'a pas dévisagée.

Elle ne m'a pas posé de questions inutiles.

Elle m'a simplement dit bonjour, comme si j'étais attendue, comme si ma présence n'était pas un problème à résoudre.

Ce détail-là m'a touchée plus que je ne l'aurais cru.

Elle m'a montré les lieux, lentement.

Les écuries.

Les paddocks.

Les chambres.

Chaque espace avait une fonction claire.

Rien n'était superflu.

Je me sentais étrangère à mon propre corps.

Je marchais, je suivais, mais à l'intérieur, tout était en alerte.

Le moindre bruit me faisait sursauter.

Un rire au loin, une porte qui claque, des pas trop rapides.

Je repérais instinctivement les issues.

Toujours.

Ma chambre était simple.

Un lit.

Une table.
Une fenêtre donnant sur les prés.

Pas de luxe.
Pas de dorures.
Et pourtant, en posant ma valise, j'ai ressenti quelque chose d'inattendu :
un apaisement fragile.

Agathè m'a laissé seule.
Sans discours.
Sans consignes écrasantes.
Elle m'a juste dit :
— Prenez le temps de vous installer.

Je me suis assise sur le lit.
Longtemps.

Être laissée tranquille était devenue une nouveauté.

Les premiers jours, je parlais peu.
Je faisais ce qu'on me demandait, rien de plus.
Observer les chevaux.
Nettoyer.
Préparer le matériel.
Donner des cours aux enfants.
Répéter des gestes simples.

Les animaux m'apaisaient.
Ils ne mentaient pas.
Ils ne jugeaient pas.
Ils réagissaient à ce que j'étais, pas à ce que je prétendais être.

Avec eux, je n'avais pas besoin de me justifier.

Le cheval

Un matin, alors que je nettoyais un box, un cheval s'est approché de moi. Lentement. Sans bruit.

Je me suis figée.
Mon premier réflexe a été de me tendre, comme si je devais me protéger.

Il s'est arrêté à quelques centimètres.
Il a soufflé doucement contre mon épaule.

Je n'ai pas bougé.

Sa respiration chaude a traversé le tissu de mon pull. Lente. Régulière.

Mon corps, lui, tremblait encore.

Agathè, derrière moi, a murmuré :
— Il sent que tu es ailleurs. Il attend que tu reviennes.

Je ne savais pas que j'étais partie.

Alors j'ai respiré. Lentement. Comme lui.

Et pour la première fois depuis longtemps, je suis restée dans mon corps sans vouloir le fuir.

Il y avait aussi Agathè.
Une présence calme, presque maternelle.
Elle ne posait pas de questions personnelles.
Elle parlait du temps, du travail, de la fatigue normale d'une journée.

Cette normalité-là me faisait du bien.

Les nuits restaient difficiles.
Le lit était trop silencieux.
Mon corps ne savait pas encore se reposer sans
crainte.
Je me réveillais en sursaut, le cœur battant, persuadée
qu'il allait entrer.

Puis je me souvenais.
J'étais ailleurs.
En sécurité.

Rien ne se passait.

Petit à petit, j'ai recommencé à manger correctement.
À dormir un peu plus longtemps.
À sentir la fatigue physique remplacer l'épuisement
mental.

Un jour, je l'ai vu.
Nathanaël.

Il ne m'a pas parlé tout de suite.
Il était là, simplement.
Présent, occupé, concentré sur son travail.

Je l'ai remarqué parce qu'il ne m'a pas regardée
comme les autres hommes.
Pas de curiosité.
Pas d'insistance.
Pas de gestes inutiles.

Il existait à distance.

Et cette distance me rassurait.

Je restais prudente.
Je mesurais chaque interaction.
Chaque parole.
Chaque silence.

La confiance n'était pas encore possible.
Mais la méfiance n'était plus permanente.

C'était nouveau.

Les jours s'enchaînaient, rythmés par les soins aux chevaux, les repas pris ensemble, les conversations simples.
Personne ne me demandait d'où je venais, ce que j'avais vécu.
Personne ne cherchait à comprendre.

Et pour la première fois depuis longtemps, je n'avais pas besoin d'expliquer.

Je n'étais pas guérie.
Je n'étais pas forte.
Je n'étais pas reconstruite.

Mais j'étais là.

Debout.
Présente.
En mouvement.

Et c'était déjà immense.

<u>Chapitre 8 – Le Trouble</u>

Les premiers signes sont arrivés sans prévenir.

Un matin, en me réveillant, j'ai senti quelque chose de différent dans mon corps.
Rien de précis.
Rien de spectaculaire.
Juste une sensation diffuse, presque étrangère.

Mon corps existait de nouveau.

Cette prise de conscience m'a immédiatement inquiétée.

Pendant des années, je l'avais tenu à distance.
Il était devenu un poids, une source de douleur, un endroit dangereux.
Je l'avais ignoré pour survivre.
Et voilà qu'il se rappelait à moi, doucement, sans violence.

Je ne savais pas si je devais m'en réjouir ou m'en méfier.

Au ranch, la vie suivait son cours.
Les gestes répétés, les journées physiques, les repas.
Tout semblait stable.

Mais à l'intérieur, quelque chose bougeait.

Parfois, en m'approchant des chevaux, je sentais mon souffle changer.
La chaleur de leur corps, l'odeur de leur peau, la force tranquille de leurs muscles sous mes mains…
Mon corps réagissait avant ma tête.

Et cela me faisait peur.

La peur ne venait pas du désir lui-même.
Elle venait de ce qu'il représentait.

Pendant longtemps, le désir avait été synonyme de danger.
De domination.
De violence.

Mon corps avait appris que vouloir signifiait subir.

Alors quand des sensations nouvelles apparaissaient, je les repoussais aussitôt.
Je me raidissais.
Je me fermais.

Je culpabilisais d'être vivante.

La nuit, seule dans ma chambre, mon esprit s'emballait.
Des images surgissaient sans que je les appelle.
Pas des souvenirs.
Pas vraiment des fantasmes.

Juste des élans.

Je me détestais pour ça.
Je me demandais si j'étais anormale.

Si le traumatisme m'avait abîmée au point de tout brouiller.

Parfois, mon corps réagissait malgré moi.
Et aussitôt, la honte arrivait.

Je me rappelais ses mots.
Ses gestes.
Sa voix.

Alors je me levais.
Je marchais dans la chambre.
Je respirais jusqu'à ce que ça passe.

Je ne voulais pas replonger.
Je ne voulais pas confondre désir et danger.

Nathanaël était là.
Toujours discret.
Toujours à distance.

Je ne le cherchais pas.
Je ne voulais rien provoquer.
Mais sa présence agissait comme un miroir.

Il ne faisait rien de particulier.
C'était justement ça.

Il respectait l'espace.
Le silence.
Les limites.

Et ce respect me troublait plus que n'importe quelle insistance.

Un jour, nos regards se sont croisés un peu trop
longtemps.
Rien de déplacé.
Rien de chargé.

Mais mon cœur s'est emballé.

Pas de peur.
Pas de panique.

Juste une tension inconnue. Vivante.

Je me suis immédiatement reproché cette réaction.
Je me suis demandé si je n'étais pas en train de
projeter.
De chercher inconsciemment une figure rassurante.
Un remplacement.

Cette idée m'a glacée.

Je ne voulais pas dépendre.
Encore.

Alors j'ai pris de la distance.
Plus de silences.
Moins de regards.

Mais le trouble était là.

Le soir, seule, je me posais mille questions.

Est-ce normal d'avoir envie après ce que j'ai vécu ?
Est-ce trahir ma douleur que de ressentir du plaisir ?
Est-ce dangereux de se sentir vivante ?

Mon corps semblait avancer plus vite que mon esprit.
Et je passais mon temps à le freiner.

Il m'est arrivé de me toucher.
Par réflexe.
Par curiosité.
Par besoin de reprendre possession de moi-même.

Et aussitôt après, je pleurais.

Pas de plaisir simple.
Jamais.

Toujours cette peur de perdre le contrôle.
Toujours cette confusion entre douceur et menace.

Mais quelque chose avait changé.

Pour la première fois, ce désir ne venait pas de
l'extérieur.
Il n'était pas imposé.
Il n'était pas violent.

Il était à moi.

Et cette idée me bouleversait autant qu'elle
m'effrayait.

Je comprenais peu à peu que la reconstruction ne se
faisait pas seulement dans la tête.
Elle passait aussi par le corps.
Par l'acceptation de ce qu'il ressent.
Sans le juger.
Sans le punir.

Je n'étais pas prête à aimer.
Pas prête à toucher.
Pas prête à faire confiance.

Mais je commençais à comprendre une chose
essentielle :
le désir n'est pas l'ennemi.
Ce qui l'a déformé l'est.

Et pour la première fois depuis longtemps,
je me suis autorisée à ne pas avoir toutes les réponses.

Nathanaël

Nathanaël n'est pas entré dans ma vie pour me sauver.
Il est entré sans bruit, sans promesse, sans prise de
pouvoir.

Au début, je ne savais pas comment me comporter
avec lui.
Je ne savais plus ce que signifiait être face à un
homme sans danger.
Je l'observais.
Je mesurais chaque geste.
J'attendais l'erreur.

Elle n'est pas venue.

Il ne forçait rien.
Il ne posait pas de questions auxquelles je n'étais pas
prête à répondre.
Il respectait mes silences comme s'ils faisaient partie
de la conversation.

Avec lui, je n'avais pas besoin de me défendre.

Ce respect m'a d'abord mise mal à l'aise.
Je cherchais inconsciemment la tension, le

déséquilibre, la peur.
Je confondais encore le calme avec le vide.

J'ai compris plus tard que ce malaise ne venait pas de
lui,
mais de ce que j'avais appris à appeler « normal ».

Nathanaël n'était pas parfait.
Il avait ses limites, ses hésitations, ses silences.
Mais il n'a jamais franchi les miennes.

Quand mon corps se fermait, il s'arrêtait.
Quand la peur surgissait, il ne la minimisait pas.
Il n'essayait pas de me convaincre.
Il m'écoutait.

Et c'est là que quelque chose s'est déplacé en moi.

J'ai compris qu'un homme qui respecte n'a pas
besoin d'explications interminables.
Il respecte, simplement.
Sans négociation.
Sans justification.

Nathanaël n'a pas réparé ce qui avait été brisé.
Ce travail-là m'appartenait.

Mais il m'a offert une preuve essentielle :
la violence n'est pas une fatalité,
le désir n'est pas un piège,
et l'amour n'a pas besoin de faire peur pour exister.

Il n'était pas la fin de mon histoire.
Il n'en était pas le centre.

Il était un passage.
Un repère.
Une confirmation.

Grâce à lui, j'ai cessé de douter de mes limites.
Et j'ai commencé à les respecter moi-même.

<u>Chapitre 9 – Se reconstruire</u>

Il n'y a pas eu de moment spectaculaire.
Pas de révélation soudaine.
Pas de victoire éclatante.

La reconstruction s'est faite lentement, presque en silence.

Après être partie, j'ai cru que tout irait mieux immédiatement. Que l'absence de violence suffirait à réparer ce qui avait été brisé. J'ai vite compris que ce n'était pas si simple. Le corps ne suit pas toujours les décisions de l'esprit.

Les journées étaient longues. Trop calmes.
Je n'avais plus personne à surveiller, plus de gestes à anticiper, plus de mots à retenir.
Et pourtant, je restais en alerte.
Comme si le danger pouvait surgir à tout moment.

Parfois, je sursautais simplement parce qu'une porte claquait trop fort.
Mon cœur s'emballait, mes mains devenaient moites…
et je mettais plusieurs minutes à me rappeler que personne ne viendrait me faire taire.

Je dormais encore mal.
Je me réveillais en sursaut.
Parfois, mon cœur battait sans raison.

J'étais libre, mais je ne me sentais pas totalement en
sécurité.

J'ai commencé par des choses simples.

Me lever.
Me laver.
Sortir.
Revenir.
Ranger.
Recommencer.

Ces gestes anodins étaient devenus des repères.
Ils me rappelaient que j'existais encore, que je
pouvais prendre soin de moi.

Certains matins, me doucher était une victoire.
Sentir l'eau chaude couler sur ma peau sans crainte.
Rester sous le jet quelques secondes de plus, juste
parce que je le pouvais.

Le corps reprenait doucement sa place.
Il n'était plus seulement un lieu de douleur.
Il redevenait un espace à habiter, même
maladroitement.

La fatigue du soir n'était plus celle de la peur,
mais celle des journées traversées.

Et cette fatigue-là me rassurait.

Je passais beaucoup de temps seule.
Pas par choix, mais parce que parler demandait trop
d'efforts.
Expliquer, encore plus.

Je n'avais pas les mots.
Et parfois, je n'avais pas envie d'en avoir.

Le silence n'était plus une punition.
Il devenait un refuge.

Petit à petit, j'ai appris à écouter ce qui se passait en
moi.
À reconnaître les signes.
À m'arrêter quand c'était trop.
À ne plus me forcer.

Avant, je disais oui pour éviter les conflits.
Maintenant, j'apprenais à dire non pour me protéger.

C'était nouveau.
Et terriblement difficile.

Je ne cherchais plus à plaire.
Je cherchais à tenir.

Il y avait encore des jours sombres.
Des souvenirs qui surgissaient sans prévenir.
Une odeur, un ton de voix, une lumière trop forte… et
tout revenait.

Dans ces moments-là, je ne luttais plus comme avant.
Je m'asseyais.
Je respirais.
J'attendais que la vague passe.

Je comprenais que se reconstruire ne signifiait pas
oublier.
Cela signifiait apprendre à vivre autrement, avec ce
qui avait été.

Le passé ne disparaissait pas.
Mais il ne dirigeait plus chacun de mes gestes.

Je n'étais pas guérie.
Je n'étais pas arrivée.

Mais je n'étais plus détruite.

Et pour la première fois depuis longtemps,
je sentais que ma vie pouvait m'appartenir à nouveau.

Pas parfaitement.
Pas sans cicatrices.

Mais réellement.

Et c'était suffisant pour continuer.

<u>Chapitre 10 – Nathanaël</u>

Nathanaël n'a pas traversé ma vie comme un coup de foudre.

Il s'est approché lentement, comme on s'approche d'un animal blessé.

Je l'ai compris très vite. Dans sa manière de se taire parfois, de s'absenter sans se justifier, de porter une fatigue que je reconnaissais sans pouvoir la nommer. Il n'essayait pas de paraître plus fort qu'il ne l'était. Il avançait avec ses failles, sans les déposer sur moi.

Il avait une fille, Iris.

Je ne la connaissais pas encore vraiment, mais sa présence était là, constante, invisible et pourtant centrale. Elle faisait partie de lui. De ses choix. De ses peurs aussi. Je sentais qu'il se reprochait beaucoup de choses, notamment de ne pas avoir su protéger suffisamment ce lien-là.

Sa mère, Agathè, était une femme discrète, attentive, marquée par la vie. Elle observait sans intervenir, avec cette distance prudente de celles qui ont déjà trop vu. Elle savait écouter. J'ai compris plus tard que ce silence-là était une forme de protection.

Entre Nathanaël et moi, rien ne s'est imposé.
Il n'y a pas eu de promesses.
Pas de grands discours.

Il y a eu des moments partagés, simples.

Un café bu debout contre une barrière, au lever du
jour, sans parler.
Un fou rire inattendu quand un cheval nous a
éclaboussés de boue.
Sa main qui s'arrêtait à quelques centimètres de la
mienne… puis qui se retirait, comme pour me laisser
choisir.

Il ne cherchait pas à combler mes manques.
Il n'essayait pas de réparer ce qui avait été brisé.
Il me laissait être.

Et cette liberté-là me bouleversait plus que n'importe
quelle déclaration.

Je découvrais une autre manière d'aimer.
Une manière plus lente.
Moins envahissante.
Moins exigeante.

Notre relation a commencé sans que je m'en rende
compte.
Par une confiance qui s'installait.
Par le respect de mes limites.
Par sa capacité à attendre quand je doutais, à reculer
quand je tremblais.

Un soir, alors que nous rangions le matériel, ma respiration s'est bloquée sans prévenir. Un souvenir. Une sensation. Mon corps s'est refermé.

Il l'a vu.

Il n'a pas posé de questions.
Il n'a pas cherché à me toucher.
Il a simplement reculé d'un pas et dit doucement :
— On peut s'arrêter là pour aujourd'hui.

Pas de frustration.
Pas de soupir.
Juste du respect.

C'est ce jour-là que j'ai compris que j'étais en sécurité.

Je n'étais pas prête à tout partager.
Il ne m'y a jamais forcée.

Je comprenais aussi qu'il avait peur. Peur de souffrir à nouveau. Peur de perdre. Peur d'imposer à sa fille une histoire instable. Cette prudence-là, je la respectais. Elle me rassurait presque.

Nous avancions avec précaution, conscients que nos passés ne disparaissent pas parce qu'on s'aime. Nous savions que l'amour ne suffisait pas toujours, mais qu'il pouvait, au moins, ne pas faire de mal.

Nathanaël n'était pas une promesse de bonheur.
Il était une possibilité.

Une possibilité d'aimer sans se perdre.
Sans se soumettre.
Sans se taire.

Et pour la première fois depuis longtemps, cela me semblait déjà immense.

<u>Chapitre 11 – Nouvelle épreuve, dernier choix</u>

Cette nuit-là, je me suis crue en sécurité.

Nous nous étions retrouvés chez moi, dans cette intimité douce que nous avions construite pas à pas.
J'aimais la façon dont Nathanaël me regardait.
La manière dont il prenait soin de moi, sans jamais s'imposer.
Avec lui, je ne me sentais pas utilisée.
Je me sentais choisie, désirée et aimée.

Un peu plus tard, après un moment de tendresse, je suis sortie prendre l'air.
La nuit était calme, étoilée.
J'avais besoin de respirer, de ralentir mon esprit.

C'est là que Luc est apparu.

Un collègue.
Quelqu'un que je connaissais de vue.
Rien d'inquiétant, pensais-je.

Puis tout est allé trop vite.

Son corps trop proche, son haleine chargée d'alcool.
Ma gêne.
Mon recul.

Et soudain, la violence.

Sa main qui se referme.
Le sol trop proche.
La peur qui traverse tout mon corps.

Je n'ai pas crié, alors qu'il tentait de m'embrasser.
Je me suis figée.

Comme avant.

Mon corps a choisi la survie pendant que mon esprit
s'éloignait déjà.

Puis il s'est arrêté.
Je ne sais pas pourquoi.
Peut-être un bruit.
Peut-être rien.
Peut-être ma peur.

Je suis partie en courant.
Je tremblais.
Je suffoquais.
J'avais l'impression que ma peau ne m'appartenait
plus.

Quand je suis rentrée, Nathanaël a senti que quelque
chose n'allait pas.
J'ai dit que j'étais fatiguée.

Je n'ai rien raconté.

Ce silence, je le connaissais trop bien.
Celui qui protège sur le moment.
Celui qui évite d'avoir à revivre en parlant.

Une semaine plus tard, tout a explosé.

Nathanaël est arrivé chez moi, hors de lui.
Il avait appris pour Luc.

Je n'ai jamais su comment.

Il l'avait frappé.
Ses mains étaient abîmées, gonflées.

Sa colère m'a terrifiée autant qu'elle m'a soulagée.

Terrifiée, parce que la violence revenait encore, même
du « bon côté ».
Soulagée, parce que quelqu'un, pour une fois, refusait
que ce soit normal.

Il m'a demandé pourquoi je ne lui avais rien dit.
Pourquoi je l'avais laissé dans l'ignorance.

Je n'ai pas su répondre.

Parce que raconter, c'était rendre la scène réelle.
Parce que j'avais honte.
Parce qu'une part de moi croyait encore que sortir
seule était une erreur.

Il est parti ce soir-là.

Quelques jours plus tard, il est revenu.

Plus calme.
Plus triste qu'en colère.

Il s'est excusé.
Pas d'avoir frappé Luc.
D'avoir laissé sa rage me faire peur.

Nous avons parlé. Longtemps.
De la violence. De la peur. De mes silences.
De ses réactions.

Rien n'était réparé.
Mais quelque chose était vrai.

Nous avons recommencé à nous voir.
Doucement.
Fragilement.

La vie semblait reprendre son cours.

Trois semaines plus tard, mon corps a parlé.

Des nausées.
Une fatigue inhabituelle.
Un vertige persistant.

Je n'y croyais pas.
On m'avait dit que je ne pourrais jamais avoir
d'enfant.

Les examens ont pourtant été clairs.

J'étais enceinte.

Le mot a résonné en moi comme un choc silencieux.

Après tout ce que mon corps avait subi, il portait la
vie.

Je suis allée voir ma grand-mère.

Elle n'avait jamais cessé d'appeler.
De venir.
De laisser des messages que je n'écoutais pas.

Quand elle m'a vue, elle a pleuré avant même de
parler.

Elle m'a parlé de l'hôpital.
Du jour où elle m'avait vue défigurée.
De la peur de me perdre.
De sa culpabilité.
De son aveuglement.

Elle disait m'avoir poussée vers une vie qui m'avait
détruite.
Qu'elle s'en voudrait toujours.

Je l'ai écoutée.

Et pour la première fois, je n'étais plus une petite-fille
blessée face à une grand-mère autoritaire.

J'étais une femme qui avait survécu.

Je lui ai dit que j'étais enceinte.

Ses mains ont tremblé.

Alors je lui ai dit :

— Je te pardonne. Pas pour effacer. Pour avancer.
Je ne veux pas que mon enfant grandisse sans son
arrière-grand-mère.
Mais il y aura des règles.

Elle a hoché la tête.

Elle savait.

— Cette fois, je serai là pour aimer, pas pour
décider, m'a-t-elle dit.

Avant de partir, elle a ajouté :

— Quoi qu'il arrive, cette maison sera toujours la tienne.

Le soir même, j'ai annoncé la nouvelle à Nathanaël.

Il a blêmi.
Il s'est assis.
Il a passé ses mains sur son visage.

Il n'était pas heureux.
Pas triste non plus, plutôt dépassé.

Il avait peur.

Le lendemain, il m'a dit qu'il ne se sentait pas capable.
Qu'il avait déjà échoué une fois.
Qu'il ne voulait pas recommencer à mal faire.

Ce n'était pas un rejet de moi.
C'était un rejet de lui-même.

Mais moi, je savais.

Trois jours plus tard, en pleurs, j'ai appelé ma grand-mère.

Je lui ai dit que Nathanaël ne voulait pas de cet enfant.
Que moi, si.
Et que je rentrerais.

Et moi, pour la première fois, j'étais sûre d'une chose.

Je ne mendierais plus.
Ni l'amour.
Ni la présence.
Ni l'engagement.

Je choisissais cet enfant.
Je me choisissais.

Je ne partais plus en fuite.

Je partais par décision.

Seule, peut-être.

Mais libre.

<u>Chapitre 12 – Jamais plus jamais</u>

Je n'ai pas écrit ce livre pour raconter ma douleur.
Je l'ai écrit pour reprendre ce qui m'avait été volé.

Pendant longtemps, j'ai cru que survivre suffisait.
Que respirer, se lever et avancer malgré tout était déjà
une victoire.
Et c'est vrai.
Mais survivre n'est pas vivre.

J'ai compris, avec le temps, que la violence ne
s'arrête pas le jour où l'on part.
Elle continue à vivre dans le corps, dans les pensées,
dans les silences.
Elle se cache dans la peur d'aimer, dans la méfiance,
dans la culpabilité.
Dans cette voix intérieure qui répète que l'on aurait
dû faire autrement.

Cette voix, je l'ai longtemps crue.

J'ai cru que j'étais faible.
Que j'avais laissé faire.
Que je portais une part de responsabilité.

Aujourd'hui, je sais que c'était faux.

La violence conjugale n'est jamais un accident.
Ce n'est jamais une maladresse.
Ce n'est jamais une question d'amour mal exprimé.

C'est un système.
Une prise de pouvoir.
Une destruction progressive.

Et personne n'y consent.

Ce que j'ai vécu m'a brisée, oui.
Mais cela ne m'a pas définie.

J'ai appris à me relever sans effacer le passé.
À vivre avec mes cicatrices sans qu'elles dirigent mes choix.
À écouter mon corps à nouveau, sans le punir, sans le nier.

J'ai appris que la liberté ne ressemble pas aux contes de fées.
Elle est discrète.
Fragile.
Elle commence souvent par un non murmuré, puis assumé.

Dire non à la violence.
Non à l'humiliation.
Non à la peur.

Mais aussi dire oui.
Oui au respect.
Oui à la lenteur.
Oui à la sécurité.
Oui à soi.

Si tu lis ces lignes et que quelque chose résonne en toi,

si tu te reconnais, même un peu,
sache ceci :

Tu n'es pas folle.
Tu n'exagères pas.
Tu n'es pas faible.

Ce que tu ressens est légitime.
Et ce que tu vis n'est pas normal.

Il existe un après.
Il n'est ni parfait ni facile.
Mais il est possible.

Je ne promets pas la guérison totale.
Je ne promets pas l'oubli.

Je promets seulement une chose :
on peut reprendre sa vie.
Pas celle d'avant.
La sienne.

Aujourd'hui, je ne dis plus *peut-être*.
Je ne dis plus *si*.
Je ne dis plus *j'aurais dû*.

Je dis :

Je suis encore là.
Debout.
Libre de choisir.

Et plus jamais,
au grand jamais,
je ne confondrai l'amour avec la peur.

Jamais. Plus. Jamais.

Note de l'autrice

Ce livre n'est pas né d'un besoin de raconter une histoire personnelle, mais d'un constat.

La violence conjugale ne se déroule jamais dans un vide.
Elle existe sous les yeux de proches, de familles, de voisins, de collègues.
Elle est souvent perçue, pressentie, parfois même reconnue… puis laissée de côté.

Par peur de se tromper.
Par inconfort.
Par habitude.
Par silence.

Pendant longtemps, j'ai observé ces mécanismes sans savoir comment les nommer.
J'ai vu des femmes s'éteindre lentement, des signaux ignorés, de la souffrance minimisée.
J'ai vu des phrases toutes faites remplacer l'écoute, et l'indifférence se déguiser en neutralité.

Ce livre est né de cette impuissance-là.

Il a été écrit pour mettre des mots là où il n'y en avait pas.
Pour rendre visible ce qui se passe quand la violence n'est pas seulement exercée par une personne, mais aussi tolérée par tout un environnement.

La violence conjugale ne commence pas avec un coup.

Elle commence souvent dans le regard que l'on détourne, dans la parole que l'on retient, dans l'idée que *« cela ne nous regarde pas »*.

Ce récit n'est ni une accusation individuelle, ni un témoignage unique.

Il est une tentative de briser un silence collectif.

Un silence qui isole, qui enferme, et qui finit parfois par tuer.

Si ce livre permet à une personne de reconnaître une situation,

à un proche d'oser poser une question,

ou à un témoin de ne plus se taire,

alors il aura rempli son rôle.

Parler n'est jamais une trahison.

Regarder ailleurs, parfois, en est une.

www.ingramcontent.com/pod-product-compliance
Lightning Source LLC
Chambersburg PA
CBHW052124150726
48002CB00006B/2489